海底小纵队™ 探险记

英国 Vampire Squid Productions 有限公司 / 著绘　海豚传媒 / 编译

座头鲸

长江出版传媒 | 长江少年儿童出版社

图书在版编目（CIP）数据

座头鲸 / 英国 Vampire Squid Productions 有限公司著绘；海豚传媒编译 . —— 武汉：长江少年儿童出版社，2017.3
（海底小纵队探险记）
ISBN 978-7-5560-5552-4

Ⅰ . ①座… Ⅱ . ①英… ②海… Ⅲ . ①儿童故事 - 图画故事 - 英国 - 现代 Ⅳ . ① I561.85

中国版本图书馆 CIP 数据核字 (2016) 第 267460 号
著作权合同登记号：图字 17-2015-212

座头鲸

英国Vampire Squid Productions有限公司 / 著绘

海豚传媒 / 编译

责任编辑 / 傅一新　佟一　周寅庆
装帧设计 / 陈惠豪　美术编辑 / 魏嘉奇
出版发行 / 长江少年儿童出版社
经　　销 / 全国新华书店
印　　刷 / 深圳当纳利印刷有限公司
开　　本 / 889×1194　1 / 20　5印张
版　　次 / 2017年6月第1版第3次印刷
书　　号 / ISBN 978-7-5560-5552-4
定　　价 / 16.80元

策　　划 / 海豚传媒股份有限公司　（17061039）
网　　址 / www.dolphinmedia.cn　邮　箱 / dolphinmedia@vip.163.com
阅读咨询热线 / 027-87391723　销售热线 / 027-87396822
海豚传媒常年法律顾问 / 湖北路珈律师事务所　王清　027-68754966-227

本故事由英国Vampire Squid Productions 有限公司出品的动画节目所衍生，OCTONAUTS动画由Meomi公司的原创故事改编。
中国版权运营 / 北京万方幸星数码科技有限公司　授权热线：（北京）010-64381191

生命因探索而精彩

这是一部昭示生命美学与生态和谐的海洋童话，

这是一首承载生活教育与生存哲学的梦幻诗篇。

神秘浩瀚的海底世界，

能让孩子窥见物种诞生和四季交替，感受大自然生生不息的美感与力度；

引导他们关爱生命，关注生态平衡与绿色环保的重大现实。

惊险刺激的探险旅途，

能让孩子在因缘际会中，感知生活的缤纷底色与不可预知的精彩；

引领他们构建自我知识与品格系统，充盈成长的内驱力。

每一次完美的出发，

都是对生命的勇敢探索，更是对生活的热情礼赞！

人物档案

巴克队长

Captain Barnacles

巴克是一只北极熊，他是读解地图和图表的专家，探索未知海域和发现未知海洋生物是他保持旺盛精力的法宝。他勇敢、沉着、冷静，是小纵队引以为傲、值得信赖的队长，他的果敢决策激励着每一位成员。

呱唧

Kwazii

呱唧是一只冲动的橘色小猫，有过一段神秘的海盗生涯。他性格豪放，常常会讲起自己曾经的海盗经历。呱唧热爱探险，将探险家精神展现得淋漓尽致。虽然他是只猫咪，但他从不吃鱼哟！

皮医生

Peso

皮医生是一只可爱的企鹅。他是小纵队的医生，如果有人受伤，需要救治，他会全力以赴。他的勇气来自一颗关爱别人的心，无论是大型海洋动物还是小小浮游生物，都很喜欢皮医生。

谢灵通

Shellington

谢灵通是一只海獭，随身携带着一个用来观察生物的放大镜。他博学多识，无所不知，常常能发现队友们所忽略的关键细节。不过，他有时候容易分心，常常被新鲜事物所吸引。

达西西

Dashi

达西西是一只腊肠狗，她是小纵队的官方摄影师。她拍摄的影像是海底小纵队资料库中必不可少的一部分，而且还纳入了章鱼堡电脑系统的档案中。

突突兔

Tweak

突突兔是小纵队的机械工程师，负责维护和保养小纵队所有的交通工具。为了小纵队的某项特殊任务，突突兔还要对部分机械进行改造。她还热衷于发明一些新奇的东西，这些发明有时能派上大用场。

小萝卜

Tunip

小萝卜和其他六只植物鱼是小纵队的厨师，负责小纵队全体成员的饮食等家政服务，还管理着章鱼堡的花园。植物鱼们有自己独特的语言，这种语言只有谢灵通才能听得懂。

章教授

Professor Inkling

章教授是一只小飞象章鱼，左眼戴着单片眼镜，很爱读书，见多识广。当队员们出去执行任务的时候，他会待在基地负责联络工作。

目录 CONTENTS

海底小纵队与鹈鹕

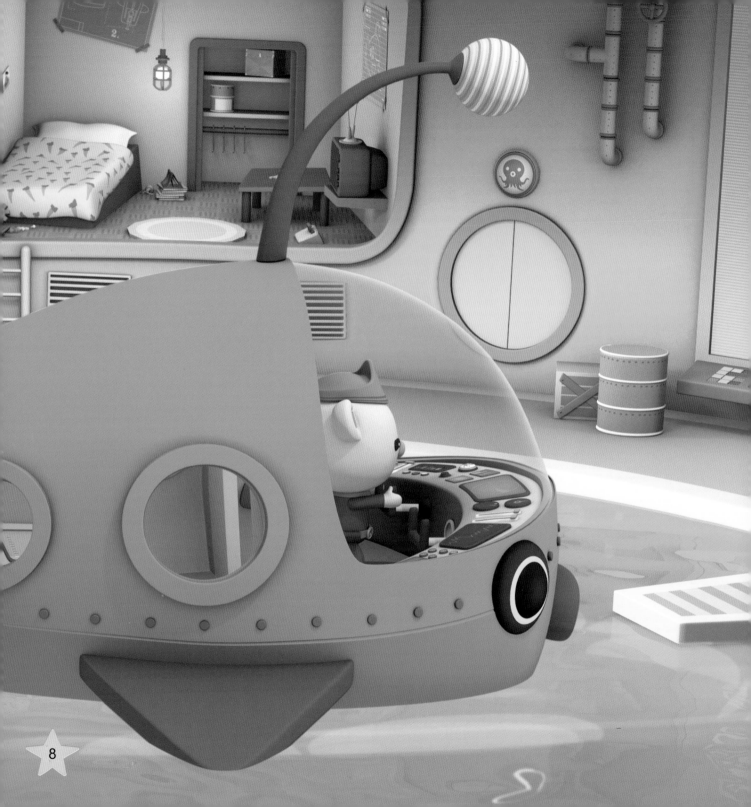

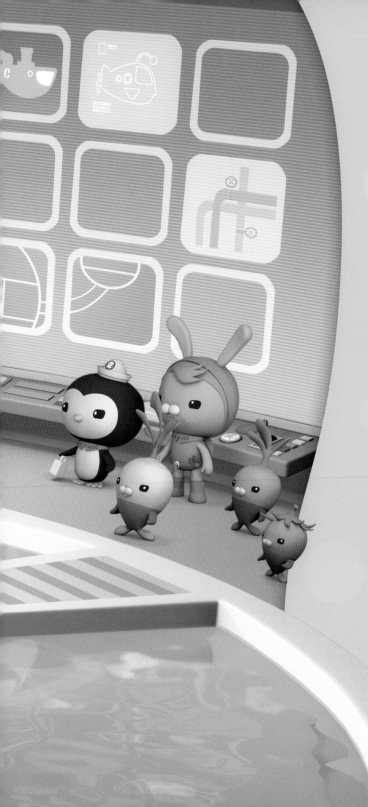

在章鱼堡的医务室里，皮医生正在给他今天最后一位病人做检查，他飞快地用绷带将小龙虾受伤的触须包扎好。

正在这时，呼叫器中传来巴克队长的声音。皮医生连忙拎起医药箱，赶到了发射台，而巴克队长也驾驶着灯笼鱼艇回来了。

皮医生和突突兔正准备询问发生了什么事，巴克队长说道："皮医生，我带来了很多受伤的病人，快！"皮医生听后，连忙跳上灯笼鱼艇，这才看到舰艇里面是一群鹈鹕。

9

jiàn tǐng zhōng　　tí hú men shēn tǐ de gè gè bù fen bèi píng zi　　sù liào guàn děng yì xiē lā
舰艇中，鹈鹕们身体的各个部分被瓶子、塑料罐等一些垃

jī chán zhù huò zhě tào zhù le　　fā chū tòng kǔ de jiào hǎn shēng
圾缠住或者套住了，发出痛苦的叫喊声。

tóng shí　　dá xī xī jià shǐ de kǒng què yú tǐng li yě yǒu yì xiē shòu shāng de tí hú　　pí
同时，达西西驾驶的孔雀鱼艇里也有一些受伤的鹈鹕。皮

yī shēng lì kè jué dìng jiāng tū tū tù de gōng zuò jiān zuò wéi jí jiù shì
医生立刻决定将突突兔的工作间作为急救室。

很快，鹈鹕们就被转移到了工作间里。皮医生开始挨个儿进行检查，他先是从一只鹈鹕的大嘴里取出了一个小桶，又把另一只鹈鹕嘴上套着的空瓶子拔了下来。

接着，皮医生从一只鹈鹕身上，小心翼翼地拔出了一把小叉子。

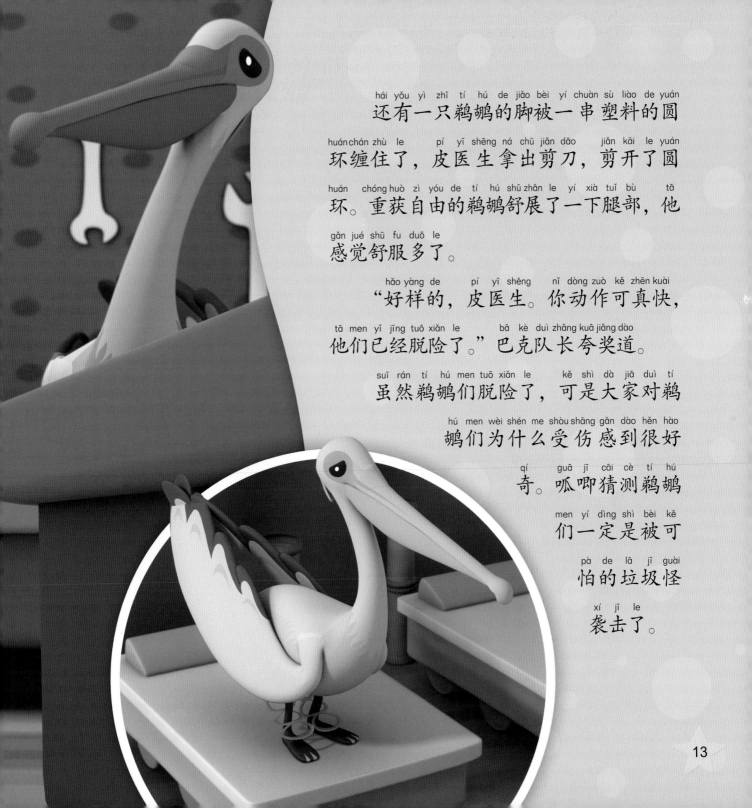

还有一只鹈鹕的脚被一串塑料的圆环缠住了，皮医生拿出剪刀，剪开了圆环。重获自由的鹈鹕舒展了一下腿部，他感觉舒服多了。

"好样的，皮医生。你动作可真快，他们已经脱险了。"巴克队长夸奖道。

虽然鹈鹕们脱险了，可是大家对鹈鹕们为什么受伤感到很好奇。呱唧猜测鹈鹕们一定是被可怕的垃圾怪袭击了。

13

zhè shí　　yì zhī jiào chá lǐ de nián zhǎng tí hú kāi
这时，一只叫查理的年长鹈鹕开

shǐ jiǎng shù shì qing de jīng guò　　wǒ men shì yì zhī bǔ yú xiǎo
始讲述事情的经过："我们是一支捕鱼小

duì　　jīn tiān zǎo chen　　wǒ men fēi dào hǎi shang bǔ yú　　zhèng
队。今天早晨，我们飞到海上捕鱼，正

qiǎo fā xiàn yí dà qún xiǎo yú　　yú shì wǒ men hěn kuài de qián
巧发现一大群小鱼，于是我们很快地潜

shuǐ　　yòng pí náng jiāng yú lāo shang lai　　kě shì nà gēn běn bú
水，用皮囊将鱼捞上来。可是那根本不

shì yú　　ér shì yí dà duī āng zāng de hǎi yáng lā jī
是鱼，而是一大堆肮脏的海洋垃圾。"

14

xìng hǎo wǒ hé dá xī xī lù guò shí pèng dào le bèi
"幸好我和达西西路过时碰到了被

lā jī kùn zhù de tā men　　bā kè duì zhǎng shuō dào
垃圾困住的他们。"巴克队长说道。

lǎo chá lǐ hé qí tā tí hú men fēi
老查理和其他鹈鹕们非

cháng gǎn xiè hǎi dǐ xiǎo zòng duì de yuán zhù
常感谢海底小纵队的援助。

bā kè duì zhǎng ràng tí hú men ān xīn zài zhè
巴克队长让鹈鹕们安心在这

lǐ xiū xi　　rán hòu dài zhe hǎi dǐ xiǎo zòng
里休息，然后带着海底小纵

duì de chéng yuán hé lǎo chá lǐ qù shāng liang
队的成员和老查理去商量

rú hé chǔ lǐ hǎi yáng lā jī de shì er
如何处理海洋垃圾的事儿。

"海里为什么有这么多垃圾呢?"突突兔不明白。

章教授指着屏幕上的图片,告诉她:"塑料被扔进海里后,有时会漂在一起,成为大片浮动的垃圾岛。"

"海洋动物可能会误食塑料,这是非常危险的。"谢灵通补充道。老查理还告诉大家,那个垃圾堆现在还漂在海上呢。

巴克队长命令达西西找到了垃圾堆的方位,安排皮医生留下来照顾所有的鹈鹕,然后带领其他队员向垃圾堆进发了。

^{hěn kuài} ^{tā men jià shǐ jiàn tǐng lái dào le nà piàn lā jī fù jìn}
很快，他们驾驶舰艇来到了那片垃圾附近。

^{bā kè duì zhǎng jǔ qǐ shǒu zhōng de bǔ lāo wǎng shuō} ^{yǒu le zhè xiē wǎng} ^{wǒ men hěn kuài jiù néng}
巴克队长举起手中的捕捞网说："有了这些网，我们很快就能

^{bǎ zhè piàn lā jī qīng lǐ gān jìng le}
把这片垃圾清理干净了。"

^{yǔ cǐ tóng shí} ^{tū tū tù jià shǐ zhe lán jīng tǐng fú chū shuǐ miàn} ^{lán jīng tǐng hòu miàn}
与此同时，突突兔驾驶着蓝鲸艇浮出水面，蓝鲸艇后面

^{yǒu yí gè dà tuō xiāng} ^{tū tū tù shuō} ^{wǒ men xiān bǎ lā jī fàng jìn zhāng yú lā jī xiāng}
有一个大拖箱。突突兔说："我们先把垃圾放进章鱼垃圾箱，

^{rán hòu dài huí zhāng yú bǎo chóng xīn lì yòng}
然后带回章鱼堡重新利用。"

"海底小纵队，执行任务！"

巴克队长一声令下，大家拿着网跳进水里，开始捞垃圾。在海底小纵队的不懈努力下，章鱼垃圾箱很快就装了一半了。

zài jiā bǎ jìn er　　hǎi dǐ xiǎo zòng duì　　jìn zhǎn bú cuò　　bā kè duì zhǎng gǔ lì dào
"再加把劲儿，海底小纵队，进展不错。"巴克队长鼓励道。

tā ná chū zhāng yú luó pán　　zhǔn bèi kàn kan zhāng yú bǎo li de qíngkuàng
他拿出章鱼罗盘，准备看看章鱼堡里的情况。

zhāng yú bǎo nèi　　pí yī shēngzhèng zài gěi tí hú men zuò kāng fù jiǎn chá　　tū rán tīng dào bā
章鱼堡内，皮医生正在给鹈鹕们做康复检查，突然听到巴

kè duì zhǎng de hū jiào shēng　　pí yī shēng　　bìng rén qíngkuàng zěn me yàng
克队长的呼叫声："皮医生，病人情况怎么样？"

tí hú men xiàn zài huī fù de bú cuò　　pí yī shēng huì bào dào
"鹈鹕们现在恢复得不错。"皮医生汇报道。

fēi cháng hǎo　　　　　　 bā kè duì zhǎng hái méi shuō wán　　tū
"非常好……"巴克队长还没说完，突

rán dìng wèi xì tǒng fā chū le xìn hào shēng
然定位系统发出了信号声。

pí yī shēng kàn le yí xià dà píng mù　　lián máng gào su duì
皮医生看了一下大屏幕，连忙告诉队

zhǎng　　yòu yǒu yí piàn dōng xi zhèng cháo nǐ men de wèi zhì piāo guo qu
长："又有一片东西正朝你们的位置漂过去。"

pí yī shēng wú fǎ pàn duàn nà shì shén me cóng dà píng mù shang zhǐ néng kàn chu lai nà piàn dōng xi yí
皮医生无法判断那是什么，从大屏幕上，只能看出来那片东西移

dòng de sù dù hěn kuài
动的速度很快。

guā jī tū rán gǎn jué dào yǒu dōng xi zài náo tā de jiǎo zhǐ yǎng de tā jiào chū shēng lai bā kè duì
呱唧突然感觉到有东西在挠他的脚趾，痒得他叫出声来。巴克队

zhǎng dìng jīng yí kàn fā xiàn nà shì yí dà qún xiǎo yú zhè shí yòu yǒu yì qún jiàn yú yǐ hěn kuài de sù dù
长定睛一看，发现那是一大群小鱼。这时，又有一群剑鱼以很快的速度

yóu guo lai bǔ shí zhè qún xiǎo yú
游过来，捕食这群小鱼。

巴克队长连忙大声提醒道："注意，剑鱼！这片水域有垃圾。"可是剑鱼们似乎饿极了，没有理会巴克队长，依然在垃圾堆中游来游去，而海底小纵队已经被穿梭的鱼群包围了，根本就没办法继续清理。

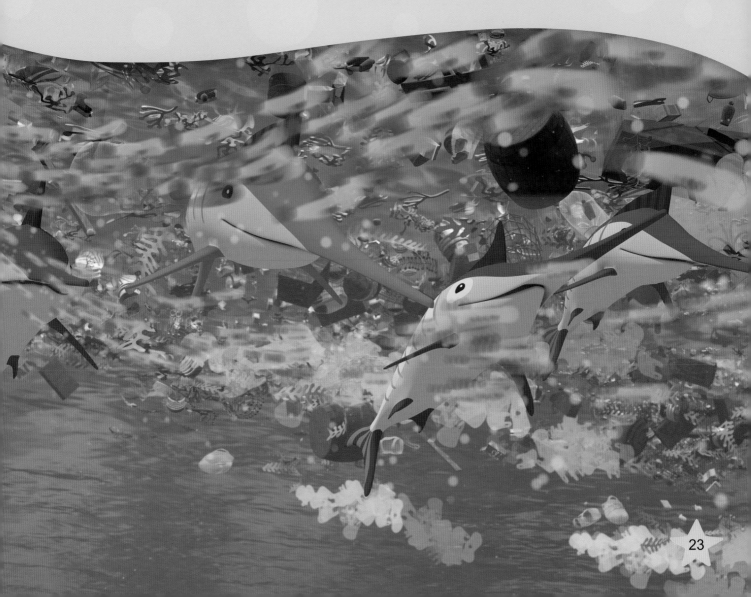

皮医生听到了那边混乱的声音，他连忙呼叫巴克队长："请回答，队长，你们那边发生什么事了？"

"目前我们被疯狂盛宴包围了……"话还没说完，巴克队长的头像就从屏幕上消失了，信号中断了。皮医生非常着急，他身后的鹈鹕也看到了刚刚发生的情况，老查理说："我们对疯狂盛宴非常了解，最好的办法就是快进快出。"他和其他鹈鹕都愿意加入到救援行动中来。

cǐ shí bā kè duì zhǎng yì xíng rén zhèng shì tú cóng yú qún de bāo wéi zhōng xún zhǎo tū pò kǒu

此时巴克队长一行人正试图从鱼群的包围中寻找突破口。

duì zhǎng tiào shang lai tā men shēn hòu tū rán chuán lái pí yī shēng de shēng yīn zhǐ jiàn lǎo chá lǐ

"队长，跳上来！"他们身后突然传来皮医生的声音，只见老查理

zài zhe pí yī shēng dài zhe tí hú men jìng zhí xiàng tā men yóu guo lai chōng jìn le bāo wéi quān

载着皮医生，带着鹈鹕们径直向他们游过来，冲进了包围圈。

26

zhēn jí shí　pí yī shēng　hǎi dǐ xiǎo zòng duì　chè tuì　bā kè duì zhǎng yì shēng lìng xià　suǒ

"真及时，皮医生。海底小纵队，撤退！"巴克队长一声令下，所

yǒu duì yuán fēn bié tiào dào yì zhī tí hú de bèi shang　tí hú men dài lǐng dà jiā chōng chū shuǐ miàn　fēi xiàng le kōng

有队员分别跳到一只鹈鹕的背上，鹈鹕们带领大家冲出水面，飞向了空

zhōng　tí hú men de sù dù hěn kuài　dà jiā bù jīn jiào chū shēng lai

中。鹈鹕们的速度很快，大家不禁叫出声来。

到了空中后，巴克队长拍了拍身下的鹈鹕，开心地说道："谢谢你们，鹈鹕，还好你们身体好些了。"

“那我们在别人受伤之前，清理一下剩下的垃圾怎么样？”老查理建议道，大家非常赞同。

“伙计们，切记，快进快出！”老查理对身后的鹈鹕们说道。巴克队长也不忘嘱咐大家在鹈鹕潜下水时尽量多捞点垃圾上来。

“准备，跳水！”老查理一声令下，鹈鹕们载着海底小纵队队员迅速冲进水里。

dà jiā lì kè yòng shǒu zhōng de bǔ lāo
大家立刻用手中的捕捞

wǎng lāo qǐ shēn biān de lā jī tí hú men yě
网捞起身边的垃圾，鹈鹕们也

yòng zuǐ diāo qǐ yì xiē tǐ jī bǐ jiào xiǎo de lā
用嘴叼起一些体积比较小的垃

jī rán hòu zài fēi dào zhāng yú lā jī xiāng
圾，然后再飞到章鱼垃圾箱

shàng kōng jiāng lāo qǐ de lā jī diū jìn qu
上空，将捞起的垃圾丢进去。

tí hú hé hǎi dǐ xiǎo zòng duì xiāng hù
鹈鹕和海底小纵队相互

pèi hé zuān rù shuǐ xià lāo qǐ lā jī
配合，钻入水下，捞起垃圾，

diū rù zhāng yú lā jī xiāng zài
丢入章鱼垃圾箱，再

zuān rù shuǐ xià lāo qǐ lā
钻入水下，捞起垃

jī …… jiù zhè yàng
圾……就这样

xún huán wǎng fù
循环往复。

à　　bié chán zhe wǒ　　bié chán zhe wǒ
"啊，别缠着我，别缠着我！"

zhèng zài zhè shí　　pí　yī shēng tīng dào hū hǎn shēng
正在这时，皮医生听到呼喊声，

tā huí tóu yí kàn　　fā xiàn yì tiáo jiàn yú de zuǐ
他回头一看，发现一条剑鱼的嘴

ba bèi yí gè sù liào dài gěi chán zhù le
巴被一个塑料袋给缠住了。

"老查理，我去帮助一下那条剑鱼。"皮医

生说完后就向剑鱼游了过去。

而此时海底小纵队的其他成员开始用一张

大网捞体积较大的垃圾，他们将垃圾堆在网上，

拽着网的四个角，飞到章鱼垃圾箱的上空，将

这些垃圾丢了下去。

lā jī qīng lǐ wán zhī hòu dà jiā fā xiàn pí yī shēng bú jiàn le
垃圾清理完之后，大家发现皮医生不见了。

yuán lái pí yī shēng bāng zhù jiàn yú de guò chéng bìng bú shùn lì tā tiào shàng jiàn yú de shēn tǐ zhǔn bèi
原来皮医生帮助剑鱼的过程并不顺利，他跳上剑鱼的身体，准备

kào jìn sù liào dài kě shì jǐn zhāng de jiàn yú sì chù luàn zhuàng jǐ cì dōu chà
靠近塑料袋。可是紧张的剑鱼四处乱撞，几次都差

diǎn er jiāng pí yī shēng shuǎi xia lai
点儿将皮医生甩下来。

　　　　bié dān xīn　　　wǒ shì yī shēng　　wǒ huì bāng zhù rèn
"别担心，我是医生，我会帮助任

hé shēng bìng huò shòu shāng de dòng wù　　　pí yī shēng ān wèi dào
何生病或受伤的动物。"皮医生安慰道，

shuō wán　　pí yī shēng xùn sù yóu dào jiàn yú de zhèng qián fāng　　yì bǎ
说完，皮医生迅速游到剑鱼的正前方，一把

jiāng sù liào dài chě le xià lái　　xiè xie nǐ　　jiàn yú zhōng yú néng gòu kāi kǒu
将塑料袋扯了下来。"谢谢你。"剑鱼终于能够开口

shuō huà le　　shuō wán hòu jiù gēn suí qí tā jiàn yú yì qǐ yóu zǒu le
说话了，说完后就跟随其他剑鱼一起游走了。

突然，一个陌生的声音

传来："让一让——"

皮医生转过头一看，吓

得叫出声来："我的小乖乖呀！"

原来发出声音的是一只座头

鲸，他也被参加疯狂盛宴的鱼

群弄得晕头转向了。

皮医生连忙转身，奋力向前游去，可是他的速度还是不够快。

幸好这时巴克队长和老查理赶来了，老查理冲过去，将皮医生装在他的大嘴里，迅速向水面游去。

不一会儿，就带他再次飞到空中。

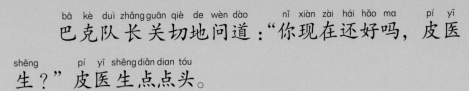

bā kè duì zhǎng guān qiè de wèn dào　　nǐ xiàn zài hái hǎo ma　　pí yī
巴克队长关切地问道："你现在还好吗，皮医

shēng　　pí yī shēng diǎn dian tóu
生？"皮医生点点头。

tí hú men jiāng hǎi dǐ xiǎo zòng duì dài dào jiàn tǐng páng biān　　tā men xiāng hù
鹈鹕们将海底小纵队带到舰艇旁边，他们相互

gào bié hòu　　tí hú jiù lí kāi qù bǔ yú le　　tū tū tù guān shàng le zhāng yú
告别后，鹈鹕就离开去捕鱼了。突突兔关上了章鱼

lā jī xiāng　　zhè cì rèn wu yuán mǎn jié shù
垃圾箱，这次任务圆满结束！

37

欢迎进入本期海底报告，这次我们要介绍的是**鹈鹕**！

大嘴鹈鹕天上飞

空中俯冲钻下水

喉咙长着大口袋

兜起鱼儿心里美

有时它们冲得急

一个不小心，困在垃圾堆

海底小纵队与座头鲸

巴克队长和呱唧正在一座高高的冰山上寻找宝藏，他们俩用锚攀着冰山，一步一步费力地往上爬。

"哦！再往上一点，我们就能找到白胡子海盗的秘密宝藏了！"呱唧拿出地图看了看，向巴克队长报告进度的同时，也给自己加油打气。

巴克队长听了，回头望了望呱唧，说道：

"我想知道宝藏到底是什么……"

"没人知道，队长，但白胡子海盗可是很吓人的……"呱唧继续说道，"听说他能把他那神奇的雪球从遥远的北极一下子扔到热带去。"

42

"咔嚓船长曾经说，白胡子的一个雪球正好落在他的甲板上，并且这个雪球永远都不会融化。"呱唧兴奋地讲述着有关白胡子海盗的传说。

巴克队长感到难以置信："这也太神了！"

43

"这儿，队长！就是这里！"呱唧比对着地图，发现宝藏就在他们附近。巴克队长连忙用锚敲击冰块，一不小心，锚失去了着力点，呱唧和巴克队长惊叫着往下坠。锚一路在冰山上划过，最后在快到山脚的地方，终于抓附在了冰山上。他们停止了下坠，呱唧轻松地跳到了底部的冰面上。

呱唧很好奇锚是怎么在下坠的过程中突然挂住的。巴克队长认为锚是挂在了什么东西上，他敲开了那块冰，一个宝箱呈现在他俩面前。

44

呱唧兴奋地喊道："啊！白胡子的宝藏！"他连忙冲上前和巴克队长一起将宝箱抬了出来。

呱唧找出了宝箱的钥匙，可是一失手，钥匙掉在冰面上，接着滑进了海里。不巧的是，刚好有一群沙丁鱼路过，其中一只鱼将钥匙吞了进去。

“那只沙丁鱼会生病的！咱们得找到她！”巴克队长十分担心。

于是，他俩分别驾驶着灯笼鱼艇和虎鲨艇，开始了追赶沙丁鱼群的旅程。

“我们分头找，这样快一些！”巴克队长安排道。于是呱唧和巴克队长朝着相反的方向行进。

很快，呱唧就看到了沙丁鱼群的身影，他赶紧跟了上去。

突然，一只座头鲸吐出的泡泡干扰了他，虎鲨艇失去了控制，和座头鲸一起冲向水面。听到动静的巴克队长马上赶了过来。

座头鲸感到很愤怒，他吐出泡泡是为了捕到更多的食物，可是呱唧却打扰了他捕食。巴克队长向座头鲸表达了歉意，还找他打听沙丁鱼的去向。可座头鲸也不清楚，不过他答应一旦有消息，就给他们发信号。他们约好了怎么发信号，座头鲸走之前告诉队长和呱唧，他的名字叫大米。

接着，巴克队长将目前的情况告诉了其他成员，突突兔
提议用 X 光检测仪来寻找那只吞了钥匙的沙丁鱼。

这个提议真不错，巴克队长让突突兔多准备几台检测仪，
然后说道："皮医生，开孔雀鱼艇来和我们汇合。"

很快，他们就汇合了。他们启动了舰艇中的 X 光检测仪，

检测到了一群沙丁鱼。正准备追踪，沙丁鱼群就分成了两队，

队长连忙说道："你们跟着那一群，我跟另外一群！"

51

他们兵分两路。

呱唧心想着沙丁鱼需要帮助，赶紧加速。不幸的是，虎鲨艇的速度太快，他无法控制，旋转着冲向了不远处的冰山，落在了冰山上。

虎鲨艇破损了，呱唧和巴克队长、皮医生失去了联系。

呱唧只能自己想办法。他从虎鲨艇中跳出来，用尽力气去推虎鲨艇，然而舰艇岿然不动。正当呱唧不知该如何是好的时候，他看见了不远处的座头鲸大米。

呱唧马上发送信号，向大米求助，大米迅速来到了呱唧跟前。

"我需要把我的舰艇弄下冰山！"呱唧请求道。大米的力量没办法将整座冰山翻过来，于是叫来了另外两只座头鲸。他们团结合作，虎鲨艇顺利地滑向海面。

xiè xie nǐ men　　xiàn zài wǒ děi
"谢谢你们！现在我得

qù zhuī shā dīng yú le　　　　guā jī zuò shàng
去追沙丁鱼了！"呱唧坐上

hǔ shā tǐng　　duì zuò tóu jīng men shuō dào
虎鲨艇，对座头鲸们说道。

wǒ men gēn nǐ　yì qǐ qù
"我们跟你一起去！"

shuō wán zuò tóu jīng men yě xiàng qián yóu qù
说完座头鲸们也向前游去。

cǐ shí　　pí yī shēng yǐ jīng hé
此时，皮医生已经和

bā kè duì zhǎng huì hé le　　guā jī hé
巴克队长汇合了，呱唧和

zuò tóu jīng men cóng hòu fāng chōng le guò lái
座头鲸们从后方冲了过来。

huān yíng guī duì　　　bā kè duì zhǎng gāng shuō
"欢迎归队！"巴克队长刚说

wán　pí yī shēng jiù fā xiàn le shā dīng yú de zōng yǐng
完，皮医生就发现了沙丁鱼的踪影，

cǐ shí shā dīng yú qún jiù zài tā men de shàng fāng
此时沙丁鱼群就在他们的上方。

dà jiā gēn jǐn le　　　bā kè duì zhǎng mǎ
"大家跟紧了！"巴克队长马

shàng hǎn dào　dà jiā dōu cháo zhe shā dīng yú qún zhuī le
上喊道，大家都朝着沙丁鱼群追了

guò qù
过去。

guā jī dǎ kāi　guāng jiǎn cè
呱唧打开X光检测

yí　　kāi shǐ sōu xún tūn xià yào shi de
仪，开始搜寻吞下钥匙的

shā dīng yú　hěn kuài tā jiù yǒu le fā
沙丁鱼，很快他就有了发

xiàn　hǎn dào　　tūn diào yào shi de
现，喊道："吞掉钥匙的

shā dīng yú jiù zài nà er
沙丁鱼就在那儿！"

"我也看到她了！但我们得让她待在一个地方不动，这样我才能取钥匙！"皮医生马上回复呱唧。

呱唧对身边的大米说道："嗨，大米！你能和你的伙伴吐一个大的泡泡圈，别让那些沙丁鱼跑掉吗？"

"当然可以。"大米马上答应并召唤同伴，"来，伙计们，吐泡泡！"

三只座头鲸立刻开始行动，他们围成一个圈，吐了几大串泡泡，将沙丁鱼群围在了里面。

呱唧、皮医生和巴克队长都从舰艇中出来了，他们穿着潜水服，拿着X光检测仪，向沙丁鱼群游去，要找出那只吞钥匙的小鱼。没过多久，皮医生就喊道："生病的小鱼在那儿！"

只见这只沙丁鱼游的姿势很奇怪，还打着嗝。

“把她抓过来。”巴克队长说道，他还不忘提醒呱唧不要莽撞。

他们仨向前游了一点，将这只沙丁鱼围了起来，巴克队长立刻喊

道：“去吧！”

“是，队长！”呱唧迅速行动，在沙丁鱼游走之前抓住了她。

61

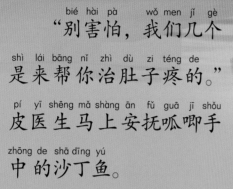

"别害怕，我们几个
是来帮你治肚子疼的。"
皮医生马上安抚呱唧手
中的沙丁鱼。

随后，皮医生从呱
唧手中接过了沙丁鱼，
说道："现在吞下一些泡
泡，然后打一个大大的饱
嗝，就像这样。"
皮医生说完，
示范了一下。

62

沙丁鱼连忙照做，打完饱嗝后，她张开嘴，钥匙被喷了出来。

呱唧成功地抓住了钥匙，笑着对沙丁鱼说道："我的钥匙！抱歉让你肚子疼了。"

"我感觉好多了，谢谢！"沙丁鱼道谢后，就游走了。

bā kè duì zhǎng duì zuò tóu jīng shuō dào xiè xie nǐ men
巴克队长对座头鲸说道："谢谢你们！"

bú yòng xiè wǒ men yì zhí dōu hěn xiǎngshòu tǔ pào pao ne zuò tóu jīng men qí shēngshuō wán yě qǐ
"不用谢！我们一直都很享受吐泡泡呢！"座头鲸们齐声说完，也启

chéng qù bǔ shí le
程去捕食了。

zuò tóu jīng men zǒu hòu guā jī jǔ qǐ yào shi shuō dào duì zhǎng jì rán wǒ men yǐ jīng ná huí le yào
座头鲸们走后，呱唧举起钥匙说道："队长，既然我们已经拿回了钥

shi xiǎn rán tā xiǎng dǎ kāi bǎo xiāng le hěn kuài tā men jiù zài zhe bǎo xiāng huí dào le zhāng yú bǎo
匙……"显然，他想打开宝箱了。很快，他们就载着宝箱回到了章鱼堡。

guā jī pò bù jí dài de dǎ kāi le bǎo xiāng　　tā gù zuò jīng yà de shuō dào　　shì bái hú zi hǎi dào nà
呱唧迫不及待地打开了宝箱，他故作惊讶地说道："是白胡子海盗那

shén qí de　　huì fēi de xuě qiú
神奇的、会飞的雪球！"

lǐ miàn hái yǒu yì zhāng zhǐ tiáo　　guā jī ná qǐ lái　　duì dà jiā shuō dào　　kàn　zhè shì bái hú zi hǎi
里面还有一张纸条，呱唧拿起来，对大家说道："看！这是白胡子海

dào qīn bǐ liú xià de zì tiáo　　shàng miàn shuō　shuí néng fā xiàn zhè bǎo zàng　shuí jiù néng shǐ yòng zhè bǎo zàng
盗亲笔留下的字条……上面说'谁能发现这宝藏，谁就能使用这宝藏'！"

_{hǎi dǐ xiǎo zòng duì} _{zhí xíng rèn wu} _{bā kè duì zhǎng tiáo pí de shuō dào}
"海底小纵队，执行任务！"巴克队长调皮地说道。

_{yì shí jiān} _{hǎi dǐ xiǎo zòng duì de chéngyuán men fēn fēn ná qǐ le xuě qiú} _{wán qǐ le dǎ xuě zhàng de}
一时间，海底小纵队的成员们纷纷拿起了雪球，玩起了打雪仗的

_{yóu xì} _{zhāng yú bǎo li shí bù shí chuán chū zhènzhèn xiào shēng}
游戏。章鱼堡里时不时传出阵阵笑声。

67

欢迎进入本期海底报告，这次我们要介绍的是**座头鲸**！

座头鲸们会唱歌

歌声帮它们联络

天生最爱吃磷虾

追来追去真快活

磷虾真的不好捉

吐出泡泡圈，吃到打饱嗝

海底小纵队与红石蟹

"太神奇了！海星、海螺，还有……红石蟹！"谢灵通正拿着放大镜观察沙滩上的生物，他看到一群红石蟹，觉得非常奇怪。

"红石蟹不应该在这片海域生

huó   zhè lǐ tài lěng le   tā men zěn me huì zài zhè lǐ ne   xiè líng tōng yì biān zì yán zì yǔ
活，这里太冷了，他们怎么会在这里呢？"谢灵通一边自言自语，

yì biān xiàng hóng shí xiè men zǒu qù   nǐ men hǎo   wǒ shì xiè líng tōng   wǒ shì hǎi dǐ   xiè líng
一边向红石蟹们走去。"你们好，我是谢灵通，我是海底……"谢灵

tōng běn xiǎng zuò yì fān zì wǒ jiè shào   kě shì wéi shǒu de yì zhī hóng shí xiè lán zhù le tā de qù lù
通本想做一番自我介绍，可是为首的一只红石蟹拦住了他的去路，

bìng qiě hěn bù yǒu hǎo de shuō dào   bié guò lai
并且很不友好地说道："别过来！"

那只红石蟹朝着谢灵通挥舞了一下

大钳子，其他红石蟹也一起挥舞了一下

大钳子，紧接着迅速后退了一大步。

"我简直受够这地方了，这么冷，

还没什么可吃的，现在又被一只大毛怪

追。"那只红石蟹一边移动一边抱怨道。

谢灵通回到孔雀鱼艇，跟队长汇报

了沙滩上的事情。海底小纵队决定将红

石蟹送回他们的家。

队长让达西西调出红石蟹的

家——加拉帕戈斯群岛的地图，

从地图上可以看到，加拉帕戈

斯群岛离这里非常远。

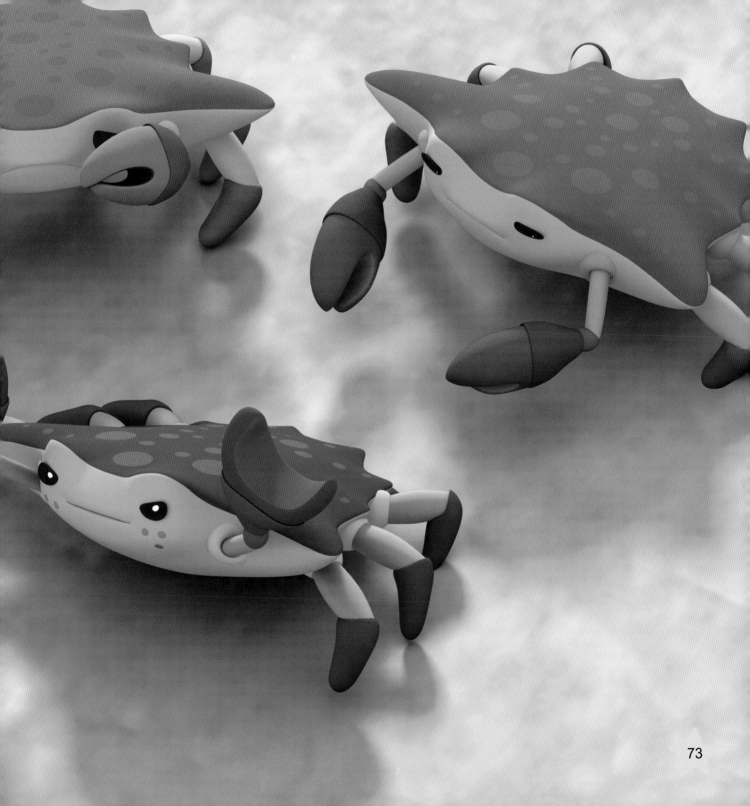

皮医生提议
用舰艇送他们回
去。可问题是红石
蟹很难被捉到，每
次一接近他们，他们就
跑了。"谢灵通，我们马上赶
到！"巴克队长说道。

很快，巴克队长、呱唧、皮医生与谢灵
通汇合了。他们带着捕捞网，开始抓红石蟹。
呱唧很快就发现了几只红石蟹，他立刻
跳起来，瞄准一只红石蟹，将网扣了下去。
可是红石蟹们的速度很快，呱唧什么都没捉
到，自己反而摔了一跤，捕捞网落下来，扣
在他的头上。

zài lìng yì biān　pí yī shēng jiāng bǔ lāo wǎng fàng
在另一边，皮医生将捕捞网放

zài shēn hòu　mài zhe qīng róu de bù zi　huǎn huǎn kào jìn
在身后，迈着轻柔的步子，缓缓靠近

hóng shí xiè men　hóng shí xiè men tīng dào dòng jing hòu　zhuǎn
红石蟹们。红石蟹们听到动静后，转

guò shēn lai　chōng mǎn jiè bèi de wàng zhe pí yī shēng
过身来，充满戒备地望着皮医生。

nǐ hǎo　huà hái méi shuō wán　pí yī
"你好……"话还没说完，皮医

shēng jiù bèi yì zhī shòu jīng de hóng shí xiè pēn le yì liǎn shuǐ　hóng shí xiè men yòu xùn sù táo lí le

生就被一只受惊的红石蟹喷了一脸水，红石蟹们又迅速逃离了。

hǎi dǐ xiǎo zòng duì yǐ jīng zhuā le hěn jiǔ le　kě shì yì zhī hóng shí xiè dōu méi yǒu zhuā dào　tā

海底小纵队已经抓了很久了，可是一只红石蟹都没有抓到，他

men jué dìng xiān huí zhāng yú bǎo xiū xi　dì èr tiān yí dà zǎo　bā kè duì zhǎng dài lǐng dà jiā zài cì lái

们决定先回章鱼堡休息。第二天一大早，巴克队长带领大家再次来

dào shā tān shang　zhè cì shì quán yuán chū dòng

到沙滩上，这次是全员出动。

hǎi dǐ xiǎo zòng duì　dà jiā zhǔn bèi hǎo zhuō páng xiè le ma　bā kè duì zhǎng wèn dào

"海底小纵队，大家准备好捉螃蟹了吗？"巴克队长问道。

hǎo le　duì zhǎng　dà jiā dá dào

"好了，队长。"大家答道。

77

“可能要花不少时间，大家要是累了，就到小萝卜和植物鱼准备的零食站休息一下。”巴克队长告诉大家。

植物鱼们已经搭好了烧烤炉，推来了餐车，开始为队员们烹制美味的零食。

大家分头行动起来。巴克队长和谢灵通合作，队长扑空了，谢灵通立刻扣下捕捞网，可是红石蟹们快速逃走了。

皮医生和突突兔在捕捉的过程中，还要时刻小心不要踩到他们。他俩在绕开红石蟹的过程中与谢灵通撞在了一起，三个人跌作一团。

guā jī jiǎ zhuāng hēng zhe xiǎo qǔ er cóng hóng shí
呱唧假装哼着小曲儿，从红石

xiè shēn páng zǒu guò dàn tā tū rán tiào qi lai jiāng wǎng
蟹身旁走过，但他突然跳起来，将网

kòu xia qu kě shì hóng shí xiè hái shi duǒ kāi le ér qiě hái pēn le guā jī yì liǎn shuǐ
扣下去。可是红石蟹还是躲开了，而且还喷了呱唧一脸水。

xiǎo luó bo hé zhí wù yú bǎ pēng zhì hǎo de shí wù fàng zài cān chē shang zhuǎn tóu qù kàn tā men bǔ
小萝卜和植物鱼把烹制好的食物放在餐车上，转头去看他们捕

^{zhuō hóng shí xiè} 捉红石蟹。^{tū rán} 突然，^{pán zi xiǎng le yí xià} 盘子响了一下，^{zhí wù yú yì huí tóu fā xiàn shí wù bú jiàn le} 植物鱼一回头发现食物不见了。

^{tā men gǎn jǐn tōng zhī le bā kè duì zhǎng} 他们赶紧通知了巴克队长，^{hǎi dǐ xiǎo zòng duì xún zhe lù shang de shí wù cán zhā} 海底小纵队循着路上的食物残渣，

^{jìng rán kàn dào sān zhī hǎi liè xī} 竟然看到三只海鬣蜥，^{yuán lái shì lǎo péng you} 原来是老朋友——^{ā jí tài dé pēn tì chóng} 阿吉、泰德、喷嚏虫。^{kě shì} 可是

^{tā men bìng bù shǔ yú zhè piàn hǎi yù} 他们并不属于这片海域。^{dà jiā jué de fēi cháng qí guài} 大家觉得非常奇怪。

"一场大风暴把我们卷走了，"阿吉解释道，"我们抓到了一簇海藻作救生筏，最后，漂到了这个小岛上。可是这里太冷了，也没有充足的食物。"

"别担心，我们会带你们和红石蟹回去的。不过我们先要抓到红石蟹。"巴克队长说道。

xiè líng tōng tū rán shuō　　 duì zhǎng　　 wǒ xiǎng dào le yí gè zhǔ yi
谢灵通突然说："队长，我想到了一个主意。"

yuán lái　　 hóng shí xiè men xǐ huan chī hǎi liè xī bèi shang de dōng xi　　 yú shì　　 xiè líng tōng ràng sān zhī
原来，红石蟹们喜欢吃海鬣蜥背上的东西。于是，谢灵通让三只

hǎi liè xī jiǎ zhuāng zài hǎi tān shang shài rì guāng yù　　 hǎi dǐ xiǎo zòng duì duǒ zài shí tou hòu miàn　　 guǒ rán　　 hóng
海鬣蜥假装在海滩上晒日光浴，海底小纵队躲在石头后面。果然，红

shí xiè men kàn dào hǎi liè xī　　 lì kè pá le guò lái　　 chī zhe hǎi liè xī bèi shang de dōng xi
石蟹们看到海鬣蜥，立刻爬了过来，吃着海鬣蜥背上的东西。

“好了，他们的警惕性已经降低了。”

巴克队长说着，带领大家靠近海鬣蜥们。

可是，红石蟹发现了“敌人”，他们

又一次逃开了海底小纵队的捕捞网。

但是四周都被海底小纵队包围了，

红石蟹们只得往身后的大石头上面爬。

大家一起追了过去，红石蟹越过石

头，往下爬去，而这些石头下面就是大

海。呱唧想跟着爬下去，被队长制止了，

这太危险了。

“对我们来说小菜一

碟，我们的爪子非常特

别。”原来是海鬣蜥，他

们沿着斜坡向下爬去。

"我们要是也有这样的爪子就好了。"皮医生伸出自己的手，看了看，说道。

"我能再看看你的爪子吗?"突突兔蹲下身来，对阿吉说。

"当然没问题。"阿吉说着用自己的爪子握住了突突兔的手。

突突兔模仿海鬣蜥的爪子，为大家制作了用于攀爬的装备，大家戴上后，也能像海鬣蜥那样稳稳地攀爬在石头上。突突兔给这些装备取名为攀爬爪。

wǒ men yào bǎ páng xiè men gǎn dào xuán yá dǐngshang qù   bā kè duì zhǎngshuō dào   zài xuán yá dǐngshang
"我们要把螃蟹们赶到悬崖顶上去。"巴克队长说道。在悬崖顶上，

xiè líng tōng hé dá xī xī bào zhe yí gè dà bō li guàn zi   héng zài dì shang   děng zhe páng xiè men pá jìn lai
谢灵通和达西西抱着一个大玻璃罐子，横在地上，等着螃蟹们爬进来。

kàn dào hǎi dǐ xiǎo zòng duì cóngxuán yá dǐ bù zhuī le shàng lái   wèi le duǒ bì tā men de zhuī gǎn   hóng
看到海底小纵队从悬崖底部追了上来，为了躲避他们的追赶，红

shí xiè men fēn fēn xiàngshàng pá qù　　　tā men pò bù dé yǐ lái dào le xuán yá dǐngshang　yǒu xiē yǐ jīng pá jìn le
石蟹们纷纷向上爬去。他们迫不得已来到了悬崖顶上，有些已经爬进了

guàn zi li
罐子里。

qǐ zuò yòng le　　　duì zhǎng　zài wǎngshàng diǎn er　　　xiè líng tōngcháo xià miàn hǎn dào
"起作用了，队长，再往上点儿！"谢灵通朝下面喊道。

bā kè duì zhǎng dài lǐng dà jiā jì xù xiàngxuán yá dǐngshang pá qù
巴克队长带领大家继续向悬崖顶上爬去。

nǐ men dào dǐ zài zuò shén me　　　 zuì hòu miàn de yì zhī hóng shí xiè duì zhe bā kè duì zhǎng hǎn dào
"你们到底在做什么？"最后面的一只红石蟹对着巴克队长喊道。

bié dān xīn　 wǒ men zhǐ shì xiǎng dài nǐ men huí jiā qù　　 duì zhǎng gào su tā
"别担心，我们只是想带你们回家去。"队长告诉她。

dài wǒ men huí jiā　 nǐ zěn me bù zǎo shuō ne　　 nà zhī hóng shí xiè shuō dào
"带我们回家？你怎么不早说呢？"那只红石蟹说道。

"想搭顺风车吗?"喷嚏虫从悬崖顶上爬了下来,问道。

"那我就不客气了。"红石蟹说着,开心地爬到了喷嚏虫的背上。就在喷嚏虫要转身向上爬的时候,突然打了个喷嚏。他自己和背上的红石蟹都被甩了出去,落入了大海里。

落入水中的红石蟹又爬到了喷嚏虫的背上,但是这依旧很危险,他们大声呼救着。

91

"海底小纵队，连成一列。"巴克队长命令道。

于是，呱唧、突突兔和皮医生伸出戴着攀爬爪的手，一个连一个紧紧地握在一起。

"我们来啦，伙计！"最下方的呱唧伸出手去够海鬣蜥，可是距离太远。

"突突兔，抓住我的尾巴！"呱唧想到了一个办法。

"明白，呱唧。"突突兔说着松开了呱唧的手，抓住了他的尾巴。

"就差一点儿！"呱唧努力了几次，终于抓住了被海浪掀起来的海鬣蜥和红石蟹。

93

zhōng yú　　 dà jiā ān quán de huí dào le xuán yá dǐng shang
终于，大家安全地回到了悬崖顶上。

dà jiā hǎo yàng de　　　 bā kè duì zhǎng kuā jiǎng dào
"大家好样的！"巴克队长夸奖道。

nà zhī bèi jiù shang lai de hóng shí xiè shuō　　 xiè xie nǐ men bāng máng
那只被救上来的红石蟹说："谢谢你们帮忙，

wǒ men zhī qián zhǐ shì yǒu diǎn hài pà　　 bì jìng lí jiā zhè me yuǎn
我们之前只是有点害怕，毕竟离家这么远。"

bú yòng kè qi de　　 bú guò hǎi liè xī yě bāng le dà máng　　 bā kè duì zhǎngshuō dào
"不用客气的，不过海鬣蜥也帮了大忙。"巴克队长说道。

　à　　 zhè méi shén me　　 ā　 jí shuō wán hòu yòu zhuǎnxiàng zhè zhī hóng shí xiè　　 nǐ men bú shì shuō yào
"啊，这没什么，"阿吉说完后又转向这只红石蟹，"你们不是说要

gēn wǒ men yì qǐ huí jiā ma
跟我们一起回家吗？"

　shì ya　　 wǒ men zǒu ba　　 zhè zhī hóng shí xiè kāi xīn de dá dào　　 shuō wán hòu yě zuān jìn le nà ge
"是呀，我们走吧。"这只红石蟹开心地答道，说完后也钻进了那个

dà guàn zi li
大罐子里。

95

接下来，大家就启程前往加拉帕戈斯群岛了。经过一段时间的航行后，海鬣蜥和红石蟹们终于回到了自己的家。

xiǎo luó bo hé zhí wù yú men yǐ jīng wèi dà jiā pēng
小萝卜和植物鱼们已经为大家烹

zhì le yí dùn xiāng pēn pēn de wǎn cān hǎi liè xī pǐn cháng
制了一顿香喷喷的晚餐，海鬣蜥品尝

zhe měi shí hóng shí xiè men zé pā zài hǎi liè xī shēnshang
着美食，红石蟹们则趴在海鬣蜥身上

chī de jīn jīn yǒu wèi
吃得津津有味。

欢迎进入本期海底报告，这次我们要介绍的是**红石蟹**！

红石蟹喜欢岩石滩

住在加拉帕戈斯岛上面

帮海鬣蜥清理黏液

正好自己也能吃大餐

如果你想靠近红石蟹

它们会喷水，然后就逃窜

装备大揭秘

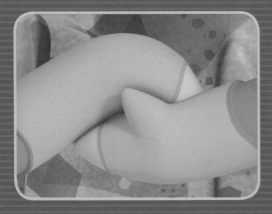 

　　海底小纵队居住在神秘的章鱼堡基地，每当有意外发生，他们就要出发去探险、拯救、保护。行动中，队员们配备了各式各样的装备，这次要介绍的是——攀爬爪。

攀爬爪

　　攀爬爪是突突兔模仿海鬣蜥的爪子，制作的帮助攀爬的装备。海底小纵队戴上攀爬爪后，也能像海鬣蜥那样稳稳地攀附在石壁上，即使坡度非常大，他们也不用担心会滑下去。

雪人蟹

大洋猪

港海豹

海胆入侵

魔鬼鱼

狮子鱼

水熊虫

鸭嘴兽

叶海龙

座头鲸

雪人蟹

海豚传媒官网 http://www.dolphinmedia.cn　海豚微博 http://weibo.com/dolphinmedia